Wilhelm Busch

Didelum

Antigonos

Wilhelm Busch

Didelum

Unveränderter Nachdruck der Originalausgabe von 1876.

1. Auflage 2024 | ISBN: 978-3-38643-592-5

Antigonos Verlag ist ein Imprint der Outlook Verlagsgesellschaft mbH.

Verlag: Outlook Verlag GmbH, Zeilweg 44, 60439 Frankfurt, Deutschland
Vertretungsberechtigt: E. Roepke, Zeilweg 44, 60439 Frankfurt, Deutschland
Druck: Libri Plureos GmbH, Friedensallee 273, 22763 Hamburg, Deutschland

Bis in süßem Unverstand
Unsre Lippen lallen,
Bis das Auge und die Hand,
Bis wir selber fallen.

Dann so tragt mich nur beiseit
In die dunkle Kammer,
Auszuruhn in Ewigkeit
Ohne Katzenjammer.

Dideldum!

von

Wilhelm Busch.

Sechste Auflage.

Verlag von Fr. Bassermann in Heidelberg.

1876.

Buchdruckerei von G. Otto in Darmstadt.

Es ist mal so, daß ich so bin.
Weiß selber nicht warum.
Hier ist die Schenke. Ich bin drin
Und denke mir: Dideldum!

Daß das so ist, das thut mir leid.
Mein Individuum
Hat aber mal die Eigenheit,
Drum denk ich mir: Dideldum!

Und schaut die Jungfer Kellnerin
Sich auch nach mir nicht um;
Ich weiß ja doch, wie schön ich bin,
Und denke mir: Dideldum!

Und säße Einer da abseit
Mit Knurren und Gebrumm
Und meint ich wäre nicht gescheidt,
So denk ich mir: Dideldum!

Doch kommt mir Wer daher und
                spricht,
Ich wäre gar nicht frumm
Und hätte keine Tugend nicht,
Das nehm ich krumm. — Dideldum!

Wankelmuth.

Was bin ich alter Bösewicht
So wankelig von Sinne.
Ein leeres Glas gefällt mir nicht,
Ich will, daß was darinne.

Das ist mir so ein dürr Geklirr;
He, Kellnerin, erscheine!
Laß dieses öde Trinkgeschirr
Befeuchtet sein von Weine!

Nun will mir aber dieses auch
Nur kurze Zeit gefallen;
Hinunter muß es durch den Schlauch
Zur dunklen Tiefe wallen. —

So schwank ich ohne Unterlaß
Hinwieder zwischen Beiden.
Ein volles Glas, ein leeres Glas
Mag ich nicht lange leiden.

Ich bin gerade so als wie
Der Erzbischof von Köllen,
Er leert sein Gläslein wuppheidi
Und läßt es wieder völlen.

———

Trinklied.

Gestern ging ich wieder mal

In die Schenke schnelle,
Wie der durstge Pilgersmann
Eilt aus der Kapelle.

Alldieweil der Durst so groß,
Trink ich etwas eilger
Und erglänze alsobald

Wie ein neuer Heilger.

Wie der Pater Gabriel
Werd ich allnachgrade;

Zwicke schon der Kellnerin
Listig in die Wade. —

Beim Getränke lieb ich mir
So ein Spiel ein kleines;

Ach, mein Geld ist hin, wie einst
Rozmianen seines.

Da der Wirth auf Zahlung dringt,
Fang ich an zu tofen.
Drauf ergeht's mir wie dem Erz=
Bischof hint in Pofen.

Meinen Rock verwahrt der Wirth
Und die Schelle zieht er:

„Heda, Haufel! Schiebe fort
Diefen Jefuiter!"

Als ich auf der Gasse lag,

Schlägt die Glocke zwölfe,
Und ich grolle tief empört,
Wie ein alter Welfe.

Gleich so fragt mich ein Gensdarm,
Was ich hier bezweckte.

Keine Auskunft geben wir
Seminarpräfekte!

Darum ſitz ich heut im Loch. —
Ach! Und dieſer Kater!

Fluchend geh ich auf und ab,
Wie ein heilger Vater.

Anleitung
zu historischen Portraits.

I.

Zum Beispiel machen wir zum Spaß

Mal erstens das!

Dann zweitens zur Erheiterung

Kommt dieses als Erweiterung.

Zum dritten, wie auch zum Vergnügen,

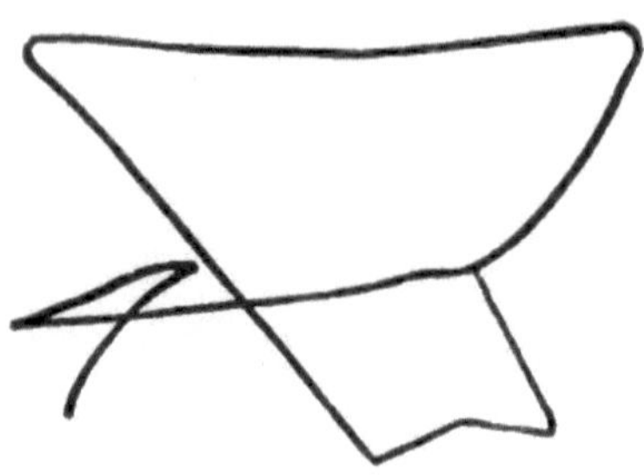

Ist folgendes hinzu zu fügen.

Hierauf noch viertens mit Pläsir

Gelangen wir zu diesem hier.

Da haben wir den alten Fritz.

II.

Mach still und froh

Mal so

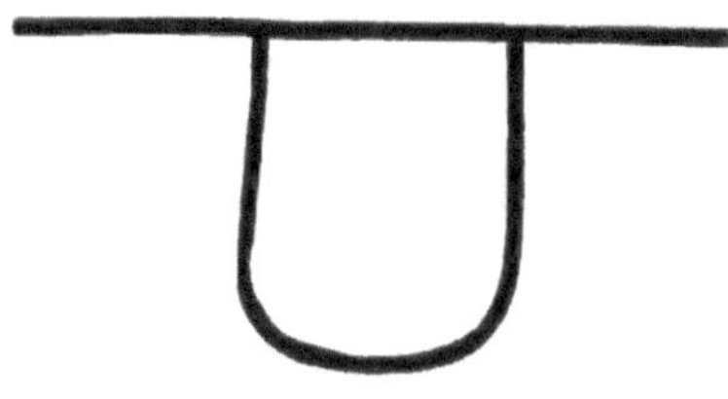

und so,

Gleich ſteht er do

bei Auſterlitz

und Waterloo.

III.

Gesetzt, daß dies ein Kürbis sei,
Eine Gurke und drei Radi dabei;

So wär's nicht übel, sollt ich meinen,
Kürbis und Gurke zu vereinen;

Denn setzen wir jetzt die Radi dran,

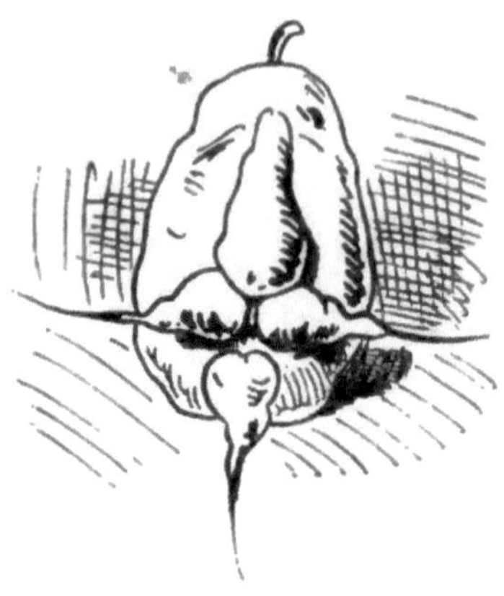

So haben wir noch einen großen Mann.

Trübe Aussicht.

Nein höre mal! — so sprach mein Vetter —
Es wirkt doch nicht erhebend auf's Gemüth,
Wenn man bei Regenwetter

So etwas sieht.

Idiosyncrasie.

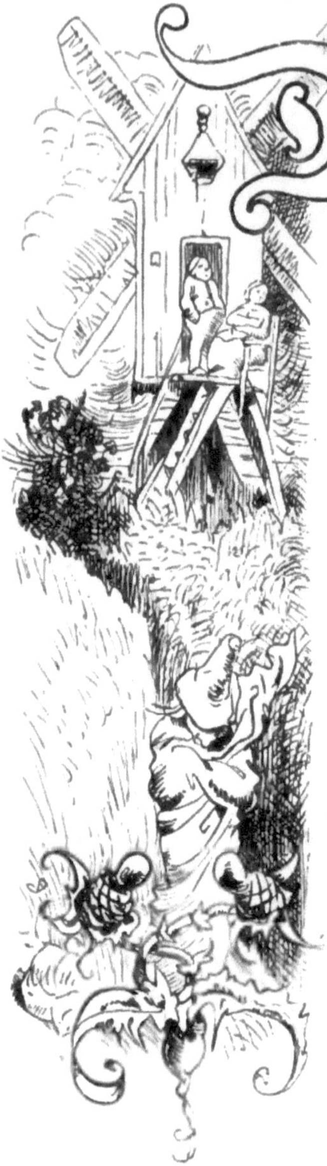

Der Tag ist grau. Die
Wolken ziehn.
Es saust die alte Mühle.
Ich schlendre durch das feuchte
Grün
Und denke an meine
Gefühle.

Die Sache ist mir nicht
genehm.
Ich ärgre mich fast darüber.
Der Müller ist gut;
trotz alledem
Ist mir die Müllerin
lieber.

Der Maulwurf.

In seinem Garten freudevoll

Geht hier ein Gärtner Namens Knoll.

Doch seine Freudigkeit vergeht.

Ein Maulwurf wühlt im Pflanzenbeet.

Schnell eilt er fort und holt die Hacke,
Daß er den schwarzen Wühler packe.

Jetzt ist vor Allem an der Zeit
Die listige Verschwiegenheit.

Aha! Schon hebt sich Was im Beet,
Und Knoll erhebt sein Jagdgeräth.

Schwupp! Da — und Knoll verfehlt das Ziel.
Die Hacke trennt sich von dem Stiel.

Das Inſtrument iſt ſchnell geheilt;
Ein Nagel wird hineingefeilt.

Und wieder ſteht er ernſt und krumm
Und ſchaut nach keiner Seite um.

Klabumm! — So krieg die Schwerenoth! —
Der Nachbar schießt die Spatzen todt.

Doch immerhin und einerlei!
Ein Flintenschuß ist schnell vorbei.

Schon wieder wühlt das Ungethier.
Wart! — denkt sich Knoll — Jetzt kommen wir!

Er schwingt die Hacke voller Hast —
Radatsch! — o schöner Birnenast!

Die Hacke ärgert ihn doch sehr,
Drum holt er jetzt den Spaten her.

Nun, Alter, sei gescheidt und weise,
Und mache leise, leise, leise!

Schnarräng!! — Da tönt ihm in das Ohr
Ein Bettelmusikantenchor.

Musik wird oft nicht schön gefunden,
Weil sie stets mit Geräusch verbunden.

Kaum ist's vorbei mit dem Trara,
So ist der Wühler wieder da.

Schnupp! dringt die Schaufel, wie der Blitz,
Dem Maulwurf unter seinen Sitz.

Und mit Hurrah in einem Bogen
Wird er herauf an's Licht gezogen.

Aujau! Man setzt sich in den Rechen
Voll spitzer Stacheln, welche stechen.

Und Knoll zieht für den Augenblick
Sich schmerzlich in sich selbst zurück.

Schon hat der Maulwurf sich derweil
Ein Loch gescharrt in Angst und Eil.

Doch Knoll, der sich emporgerafft,
Beraubt ihn seiner Lebenskraft.

Da liegt der schwarze Bösewicht
Und wühlte gern und kann doch nicht;
Denn hinderlich, wie überall,
Ist hier der eigne Todesfall.

Romanze.

Es war einmal ein Schneiderlein
Mit Nadel und mit Scheer,
Der liebt ein Mädel hübsch und fein
So sehr, ach Gott, so sehr.

Er kam zu ihr in später Stund
Und redt so hin und her,
Ob er ihr etwa helfen kunnt
Mit Nadel und mit Scheer.

Da dreht das Mädel sich herum:
„O jeh o jehmineh!
„Deine Nadel ist ja schon ganz krumm,
„Geh geh, mein Schneider, geh!"

Der Schneider schrie: „Du falsche Dirn,
Hätt ich Dich nie gekannt!"

Und hängt sich an die Wand.

Die Kirmeß.

Feſt ſchlief das gute Elternpaar
Am Abend als die Kirmeß war.

Der Vater hält nach ſeiner Art
Des Hauſes Schlüſſel wohl verwahrt;
Indem er denkt: auf die Manier
Bleibt mein Herminchen ſicher hier! —

Ach lieber Gott, ja ja ſo iſt es!
Nicht wahr, ihr guten Mädchen wißt es:
Kaum hat man Was, was Einen freut,
So macht der Alte Schwierigkeit!

Hermine seufzt. —

        Dann denkt sie: Na!
Es ist ja noch das Fenster da!

Durch dieses eilt sie still behende

Hierauf hinab am Weingelände

Und dann durch's Thor voll frohen Drangs
Im Rofakleid mit drei Volangs. —

Grad rüsten sich zum neuen Reigen
Rumbumbaß, Tutehorn und Geigen.

Tihumtata humtata humtatata!
Zupptrudiritirallala rallalala!

's ift doch ein himmlifches Vergnügen,
Sein rundes Mädel herzukriegen

Und rund herum und auf und nieder
Im schönen Wechselspiel der Glieder

Die ahnungsvolle Kunft zu üben,
Die alle schätzen, welche lieben. —

Hermine tanzt wie eine Sylphe.
Ihr Tänzer ist der Forstgehülfe. —

Auch dieses Paar ist flink und niedlich.
Der Herr benimmt sich recht gemüthlich.

Hier sieht man zierliche Bewegung,
Doch ohne tiefre Herzensregung.

Hingegen diese, voll Empfindung,
Erstreben herzliche Verbindung.

Und da der Hans, der gute Junge,
Hat seine Grete sanft im Schwunge;

Und inniglich, in süßem Drange,
Schmiegt sich die Wange an die Wange;

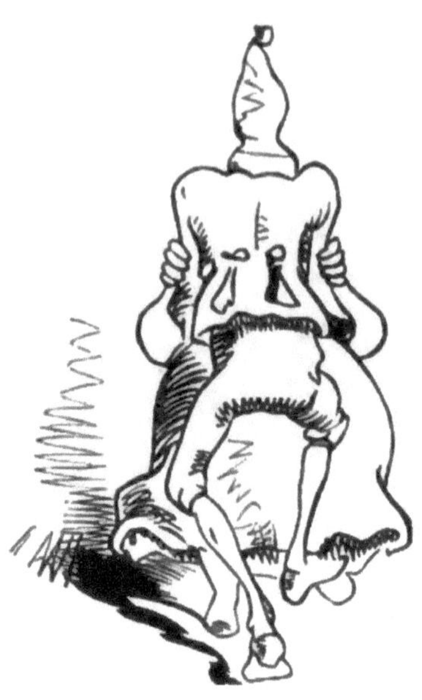

Und dann mit fröhlichem Juchheh,
Gar sehr geschickt, macht er Schaßeh.

Der blöde Konrad steht von fern
Und hat die Sache doch recht gern.

Der Konrad schaut genau hinüber.
Die Sache wird ihm immer lieber.

Der Konrad leert sein fünftes Glas,
Die Schüchternheit verringert das.

Flugs engagirt er die bewußte
Von ihm so hoch verehrte Guste.

Die Seele schwillt, der Muth wird groß,
Heidih! Da saust der Konrad los.

Zu große Hast macht ungeschickt. —
Hans kommt mit Konrad in Konflikt.

Und — hulterpulter — rumbumbum! —
Stößt man die Musikanten um,

Am meisten litt das Tongeräthe. —
Und damit ist die schöne Fete
Zu Jedermanns Bedauern aus. —

Hermine eilt zum Elternhaus.

Und denkt, wie sie herabgeklommen,
Auch wieder so hinauf zu kommen.

O weh! Da bricht ein Stab der Reben.
Nun fängt Hermine an' zu schweben.

Die Luft weht kühl. Der Morgen naht. —
Die gute Mutter, welche grad,

Das Waschgeschirr in allen Ehren
Gewohntermaßen auszuleeren,

Das Fenster öffnet, sieht mit Beben
Herminen an der Stange schweben.

Und auch die Jugend, die sich sammelt,
Ist froh, daß da Wer bimmelbammelt.

Doch sieh, da zeigt der Vater sich
Und schneidet weg, was hing an mich.

Und mit gedämpftem Schmerzenshauch
Senkt sie sich in den Rosenstrauch.

Der Cylinder.

Josephitag ist, wie du weist,
Ein Fest für den, der Joseph heißt.

Drum bürstet, weil er fromm und gut,
Auch dieser Joseph seinen Hut,

Und macht sich überhaupt recht schön,
Wie Alle, die zur Metten gehn.

Hier geht er aus der Thüre schon
Und denkt an seinen Schutzpatron. —

Heraußen weht nicht sehr gelind
Von Osten her ein kühler Wind,
So daß die beiden langen Spitzen,

Die hinten an dem Fracke sitzen,
Mit leichtem Schwunge sich erheben
Und brüderlich nach Westen streben. —

Jetzt kommt die Ecke.

                        Immer schlimmer
Weht hier der Wind. — Ein Frauenzimmer,
Obschon von Wuchse schön und kräftig,
Ist sehr bewegt und flattert heftig,
So daß man wohl bemerken kann — — —

Oh, Joseph, was geht dich das an?

Jetzt nimmt der Wind dir deinen Hut! —
Schnell legt der Joseph sein Brevier
Auf einen Stein vor einer Thür,

Um so erleichtert ohne Weilen
Dem schönen Flüchtling nachzueilen. —

Oh weh, da trifft und faßt ihn grad,
Doch nur am Rand, ein Droschkenrad.

Jetzt eilt er wieder schnell und heiter
In schönen Kreisen emsig weiter,
Und Joseph eilt hinterdrein.

Hopsa! Da liegt ja wohl ein Stein.

Wutschti — Der Joseph liegt im Saft.

Der Hut entfernt sich wirbelhaft. —

Und grade kommen auch daher
Die andern frommen Josepher,
Und denken sich mit frohem Graus:
Wie schauderhaft sieht Joseph aus!

Und Joseph's Hut, wo wäre der,
Wenn der Soldat allhier nicht wär

Ihn muthig aufgehalten hätt. —

Nun hat ihn doch der Joseph wieder. —

Stolz geht der Krieger auf und nieder. —

Der Joseph aber schaut geschwind,
Wo seine andern Sachen sind.

Gottlob, sie sind noch alle dort. —
Der Herr mit seinem Hund geht fort,

Und Joseph schreitet auch nach Haus. —
Er sieht nicht mehr so stattlich aus,

Und muß nun leider deſſentwegen
Privatim ſeiner Andacht pflegen.
Drum ſoll man nie bei Windeswehen
Auf weibliche Geſtalten ſehen.

Sag, wie wär es, alter
                    Schragen,
Wenn du mal die Brille
                    putztest,
Um ein wenig nachzuschlagen,
Wie du deine Zeit benutztest.

Oft wohl hätten dich so gerne
Weiche Arme warm gebettet;
Doch du standest kühl von ferne,
Unbewegt, wie angekettet.

Oft wohl kam's, daß du die schöne
Zeit vergrimmtest und vergrolltest,
Nur weil diese oder Jene
Nicht gewollt, so wie du wolltest.

Demnach hast du dich vergebens
Meistentheils herum getrieben;
Denn die Summe unsres Lebens
Sind die Stunden, wo wir lieben.

Dilemma.

Das glaube mir — so sagte er —
Die Welt ist mir zuwider,
Und wenn die Grübelei nicht wär,
So schöß ich mich darnieder.

Was aber wird nach diesem Knall
Sich späterhin begeben?
Warum ist mir mein Todesfall
So eklig wie mein Leben?

Mir wäre doch, potzsapperlot,
Der ganze Spaß verdorben,
Wenn man am Ende gar nicht todt,
Nachdem, daß man gestorben.

Schluß-Chor.

Was mit dieser Welt gemeint,
Scheint mir keine Frage.
Alle sind wir hier vereint
Froh beim Festgelage.

Setzt Euch her und schaut Euch um,
Voll sind alle Tische;
Keiner ist von uns so dumm,
Daß er nichts erwische.

Jeder schau der Nachbarin
In die Augensterne,
Daß er den geheimen Sinn
Dieses Lebens lerne.

Stoßet an! Die Wonnekraft
Möge selig walten,
Bis die Zeit uns fortgerafft
Zu dem Chor der Alten;